Castigadores y Opresores

Castigadores y Opresores

ALDIVAN TORRES

Canary Of Joy

CONTENTS

1 " 1

"

"Castigadores y opresores
Aldivan Torres
Castigadores y opresores

Autor: Aldivan Torres

Aldivan Torres es un diseñador publicitario, banquero y gráfico. La literatura es una diversión y un ocio que te lleva a los mejores sentimientos. Para la vida, la democracia y la libertad es siempre su lema.

" Resumen

"

2.54-Inauguración
2.55-Castigador en acción
2.56- Una semana después
2.57-Reunión Familiar
2.58-Nuevos amigos
2.59-Nueva acción de los vigilantes
2.60-Telepatía física

2.61-La oración
2.63-Excursión
2.64-Reacción
2.65-Hipnosis
2.66-Robo
2.67-En la comisaría
2.68-Boda
2.69-Conmoción
2.70-Nueva reunión
2.71-Abstracción
2.72-Resultado de la investigación
2.73-Post-lanzamiento
2.74-Reapertura
2.75-La acción del grupo de amigos

2.54-Inauguración

Amanece. Todavía temprano, los responsables del proyecto se despiertan, se levantan y preparan todo en detalle para evitar sorpresas indeseables. Aproximadamente a las 8:00 a.m. estaban listos para comenzar la ardua tarea de dirigir un negocio sin mucha experiencia. Pero lo que importaba era que estaban listos para luchar por él.

Cuando abren sus puertas, se encuentran con un buen número de personas, el resultado del trabajo realizado por Ángel en el pueblo una semana antes. Alegres y con una sonrisa en la cara, los dos socios dan la bienvenida a los visitantes. En ese momento, presentar en cuenta las instalaciones del lugar, los productos y los precios cautivaron a los clientes. Esta estrategia parece funcionar porque el movimiento es intenso durante toda la mañana.

Cuando cierran para el almuerzo, hacen una evaluación rápida de sus esfuerzos y el resultado es positivo. Coinciden de común acuerdo en continuar con la difusión masiva no únicamente en la aldea, sino también en los sitios y aldeas vecinas porque como dice "La propaganda es el alma de los negocios".

Un momento después, van a almorzar. Este es un momento placentero de intensa unión familiar que dura unos treinta minutos. Después, descansa un poco. Por la tarde, reabren el mercado. Al igual que por la mañana, el movimiento es bueno y el talento de los vendedores es elogiado. Gran parte de las acciones se venden al final del día.

Exactamente a las 18:00 Horas el trabajo está cerrado. Incluso sin hacer balance, Ángel y Víctor son muy optimistas. De hecho, había sido una idea genial abrir una aventura en el próspero pueblo de Carabais a pesar de la gran competencia.

Finalmente, por primera vez en su vida, Vítor pudo tener una mejor calidad de vida después de años de intenso trabajo en la agricultura precaria. Todo ello gracias a la confianza de la familia Magallanes. Específicamente, en la persona de Ángel. A pesar de que lo amaba, no mezcló los negocios con los sentimientos.

Fue el comienzo de una nueva era para todos.

2.55-Castigador en acción

Ha pasado una semana. Estaría en casa el domingo. Fue el día acordado para el reencuentro entre el grupo de vigilantes que tenía como nuevo centro de acción el pueblo de Carabais. A las 9:00 a.m., todos ya estaban presentes en la nueva dirección de Ángel. Esparcidos en un círculo a través de la habitación, la atención se dirigió al jefe que tenía algo importante que decir. Luego pronuncia:

"Mis amigos, se acerca un momento decisivo. A partir de ahora, tenemos que mantenernos enfocados temprano y ser más rígidos. Esto, en mi opinión, es extremadamente necesario. (Ángel)

"Lo entiendo. ¿Cuál es el siguiente paso, maestro? (Rafael)

"No nos sometemos a la fuerza opuesta a la nuestra. Soares, que es el jefe de las élites de la región. (Ángel)

"¿Cuál sería nuestro primer objetivo? (Interesado Víctor)

"Libera a los campesinos pobres atrapados hace quince días en la mazmorra de la granja para qué se rebeló. (Ángel)

"¿Qué hay de la resistencia? Dicen que son vigilados todo el tiempo. (Quería conocer a Penélope)

"Si estamos en buenos números, tenemos una oportunidad. (Ángel)

"Está bien. Incluso si conocemos nuestra fuerza, tenemos que tener cuidado. (Ricardo notó)

"¿Voy a tener que ir esta vez? (Marcela)

"Bueno, elegí para esta misión Rafael, Richard y Penélope. ¿Alguna imposición? (Ángel)

"No. Tú eres el que conoce al amo. ¿No es personal? (Opinado Víctor)

"Sí. (Los otros)

"¿Cuándo vamos? (Rafael)

"Ahora mismo. Los otros están entrenando conmigo. (El Maestro)

"Eso está bien. Nos vemos luego. ¿Vamos? ¿Ricardo y Penélope? (Rafael)

"Vamos, vamos. (ambos)

Después de la despedida, los tres designados reenviaron la salida. Ansioso, nervioso y expectante ir por la puerta y acceder al exterior. Desde entonces, se dirigieron al norte del pueblo. En los alrededores se encontraba la imponente cabeza de la granja Carabais.

Como era de mañana, decidieron volverse invisibles para pasar desapercibidos por los obstáculos del camino. Hasta su llegada al lugar del lugar, es exitoso en un total de veinte minutos. Sin embargo, a medida que se acercan a la mazmorra, son detectados por oponentes que también eran tres (Orlando, Patricia y Clementina).

Entonces comienza una pelea entre ellos. Cada uno atrapa a su oponente. A diferencia de otras veces, los mutantes malvados se aprovechan porque usan la magia negra como su nueva arma. Al final, logran rechazar el intento de liberación.

Incluso tristes, los mutantes del bien renuncian a la operación porque se dan cuenta de que no estaban preparados para enfrentar esta nueva realidad. Se retiran para encontrar una solución a este nuevo problema.

Comienzan el viaje de regreso. En el camino, estaban buscando explicaciones para lo que pasó. ¿Cómo fallaste a pesar de que te esforzaste tanto? La sensación de decepción era demasiado grande. Llegan a la comisaría dando las malas noticias.

"No podemos hacerlo. ¿Puedes creerlo? (Rafael)

"Es posible. ¿Cómo perdiste? (Ángel)

"Fue muy extraño. A pesar de mi desarrollo, parecía que mis poderes estaban bloqueados. No sé qué pasó. (Ricardo reportado)

"Si yo estuviera allí, ganaríamos. (Comentado Vítor)

"No estés orgulloso. Sería lo mismo. Creo que esta vez usaron magia negra pesada. (Ángel)

"Así es, así es. Los he oído invocar el nombre del demonio varias veces. (Penélope)

"¡Qué miedo! ¿Y ahora qué hacemos? (Marcela)

"Bueno, estoy en duda. Si usamos magia blanca, podemos equilibrar la disputa. Pero la Victoria dependerá de los detalles. (Ángel)

"¿Qué tal si conocemos el otro lado? Con la ciencia de sus debilidades, podemos usar esto para nuestro beneficio. (Víctor)

"Una buena idea, pero el precio es alto. ¿Quién calificaría para ese papel? (Ángel)

"Yo soy yo mismo. Siempre quise saber un poco de la izquierda y creo que esta era la oportunidad ideal. ¿Alguna sugerencia? (Víctor)

"He oído mucho sobre el sanador. Es un maestro de las tinieblas que ha negado sus creencias. ¿No pudo ayudar? (Marcela)

"¿Qué te parece, maestro? (Víctor)

"Es una posibilidad, pero si aceptas ser entrenado por él, es bajo tu propio riesgo, ¿entiendes? (Ángel)

"Te creo, hermano. (Rafael)

"Lo intentaré, por el bien de todos y por nuestro mayor enfoque. ¿Dónde puedo encontrarlo, Marcela? (Víctor)

"En el sitio pintado. Fui una vez y te llevaré allí si quieres. (Marcela)

"Muy bien. El próximo domingo, nos vamos. ¿Alguna objeción? (Víctor)

"No, ninguno. Admiro tu coraje. (Ángel)

¡"Gran Víctor! (Ricardo exclamó)

"Bueno, por ahora, estás despedido. Volvamos a nuestras actividades. (Ángel)

Cada uno se despedía y se dirigía a su destino respectivo. ¿Qué sigue? ¿Qué pasaría? Sigamos los hechos.

2.56- Una semana después

Después del fallido intento de liberar a los campesinos por los mutantes del bien, otra semana comenzó con ella sin más sorpresas: el trabajo para promover el mercado de la luz (nombre de la empresa abierta por Ángel) se intensificó, los mutantes involucrados en sus respectivas obras, la pareja romántica Marcela-Ricardo se mantuvo firme y fuerte, la familia Torres (Filomena y Rafael) y Magellan (Padres de Ángel) permanecieron en el sitio actuando en varias direcciones.

Al llegar el domingo, como se prometió, Marcela llegó a Carabais. Específicamente, frente a la residencia de Víctor. Al llamar firmemente a la puerta, espera ser respondido. Unos momentos más tarde, el anfitrión la saluda, la saluda y toma la iniciativa en la conversación:

"Buenos días, te he estado esperando. ¿Listo para revelarme lo que necesito? (Víctor)

"Sí. Y tú, ¿listo? (Marcela)

"Bueno, en la situación actual, no creo que tenga muchas opciones. Veamos cómo va. (Víctor)

"Siempre hay una opción. Pero si quieres, podemos irnos. (Marcela)

"Así es, así es. Espera un minuto mientras voy a empacar mi mochila. (Víctor)

"Sí, por supuesto. (Marcela)

Víctor entró en la casa por unos momentos dirigiéndose a su habitación. En este recinto, la habitación se llevó su mochila. Luego fue a la cocina y lo llenó de suministros. Cuando todo estaba listo, la salida decidida se dirigía de nuevo. El hecho de que su esposa estuviera viajando hizo las cosas más fáciles. Al encontrarse con Marcela de nuevo, dio una señal positiva de que juntos comenzarían a caminar el viaje. Luego ambos se fueron.

Ya fuera, inquieto, Vítor pregunta a su compañero de viaje con el fin de obtener más información.

"¿Dónde se encuentra el sitio pintado?

"Está muy cerca de aquí. Máximo veinte minutos a pie. (Marcela)

"Lo entiendo. ¿Cómo se presenta el curandero? (Víctor)

"Fácil. Tendrás todas las respuestas en el momento adecuado. Será mejor que lo conozcas y saques tus propias conclusiones. (Marcela)

"Eso está bien. Gracias. (Víctor)

Unos metros más adelante, después de caminar por las casas del pueblo, tomaron la dirección sur. Víctor trató de no molestar más a su amigo. Con cada paso que dieron se acercaron a la esperanza de rejuvenecer contra los oponentes que estaban involucrados en la destrucción de sus objetivos. ¿Valdría la pena combatir el fuego con fuego? Continuemos con la narrativa.

Como reprende Marcela, después de veinte minutos de vagar por caminos hasta ahora desconocidos, llegaron a una pequeña cabaña hecha de palos cruzados y arcilla con cubierta de paja.

En este punto, Marcela se despide explicando que tenía un problema pendiente con Ángel. Saludarlo con un beso en la cara y marcharse. ¿Qué sigue? El joven Víctor tendría que seguir solo, lleno de dudas, miedo y a punto de descubrir un poco lo que el destino reveló. ¿Qué hay que hacer?

Sin pensarlo mucho, avanza hacia la entrada. Tocar la puerta de madera llama ligeramente aprensivo. En segundos, es atendida por un joven, de su edad, desvencijada, delgada, de color marrón claro y de rasgos bien definidos. Como era de esperar, comienza la conversación.

"¿Cómo se está volviendo joven? ¿Estás dispuesto a pelear?

"Sí. Pero, ¿cómo lo sabes? (Víctor)

"Sé muchas cosas. Pero no preguntes aún cómo. Víctor es tu nombre, ¿no? (Sanador)

"¿Sí, y el suyo? (Víctor)

"Lo siento. He estado dominando este nombre desde que cambié mi vida, y supongo que viniste aquí a pedir ayuda contra la oscuridad, haciéndome revivir esta fase de mi vida. (Sanador)

"Eso es exactamente lo que voy a hacer, pero si no quieres ayudar, lo entenderé. (Víctor)

"Fácil. No nos adelantemos. Cuéntame un poco sobre ti. Me interesa. (Sanador)

"Bueno, soy un nativo de la Plaza de la Fundación. Pertenezco a la familia Torres y desde muy joven trato de cumplir con mi destino. Tengo un don: soy un psíquico. En este camino, conocí a varias personas que me ayudaron. Aprendí mucho, me encantó, me decepcionó, encontré el amor de nuevo, me casé, me decidí por el trabajo y el grupo del que formé parte. Por todo lo que amo, estoy aquí queriendo reaccionar a la opresión de la oscuridad. ¿Quién eres? (Víctor)

"Soy de Bahía y terminé aquí porque mis padres fallecieron. Tenía una tía aquí, que también falleció. Hoy estoy sola. (Sanador)

¿"Exactamente qué eres? ¿Cuáles son tus poderes? (Víctor)

"Muchos me consideran un mago. Otros, un monje. Incluso hay algunos que sospechan que soy un extraterrestre. De hecho, todo es solamente un rumor. Soy un curandero. Conozco el secreto de las plantas y soy una de las pocas personas que dominan el secreto de las dos fuerzas. (Sanador)

"Lo entiendo. ¿Me puedes ayudar? (Víctor)

"Depende. ¿Qué quieres provocar? (Sanador)

"Quiero saber una manera de ser inmune a la magia negra. O al menos luchar del dedo de los de pie. (Víctor)

"Es interesante. Pero no será fácil. ¿Pretendes separarte? (Sanador)

"¿Qué quieres decir? (Víctor)

"Voy a explicar. Al transmitiros mi conocimiento, estáis aceptando implícitamente la disputa espiritual entre las dos fuerzas por tu alma. Dependiendo del momento, puedes perder tu alma para siempre. (Advirtió al sanador)

"Soy consciente. Haré lo que me pidas. (Víctor)

"Solicitud aceptada. Entra y habla un poco más. (Sanador)

Víctor aceptó la invitación y ambos entraron en la humilde residencia. Observando el medio ambiente, Víctor observó la gran religiosidad de ese hombre demostrada en las estatuas e imágenes de santos más allá del buen gusto de los pocos muebles. En un solo lapso, todo era muy simple. Suavemente, el anfitrión le ofreció un taburete y se sentó en otro. Se pararon uno frente al otro y luego se puede reanudar el diálogo.

"En primer lugar, felicitaciones por la simplicidad. ¿Cómo es tu día a día básicamente? (Víctor)

"Gracias, gracias. Como sanador, vivo solo para cuidar de mis plantas, excepto por la compañía de mis santos. A pesar de los rumores, no lastimé a nadie en estos días. Al contrario, trato de ayudar a los que vienen a mí lo mejor que puedo. (Sanador)

"¿Por qué lo dices hoy en día? ¿Has hecho mucho daño en el viejo? (Víctor)

"Tengo que confesar que lo hago. Sin embargo, me arrepentí y renací como ser humano. Este período oscuro se suele llamar la "Noche Oscura del Alma" e incluso los santos la experimentan. Pero se acabó. (Sanador)

"Con respecto al amor, ¿lo has probado? (Víctor)

"No, todavía no. Ni amor ni amistad sincera. Sin embargo, como todavía soy joven tengo tiempo por primera vez. (Sanador)

"Cuando tu tía murió, ¿no querías volver a Bahía? (Víctor)

"No, me gusta aquí. Me identifiqué con la gente y el lugar. Tanto es así que me considero un brote de espalda, una región que el mundo ha olvidado. Cambiando de tema, cuéntame un poco más sobre ti ahora. Además de hacer frente a la magia negra, ¿qué otros objetivos quieres lograr con mi ayuda? (Sanador)

"Quiero dominar la izquierda. Conozca sus fortalezas y debilidades en profundidad. De todos modos, conocimiento sin participación. Quiero ser un maestro como tú. (Víctor)

"Muy bien. Gol. Sin embargo, es un largo camino por recorrer, un "Gran Cruce". En él, descubrirás un poco más de ti mismo, el universo, Dios, el Diablo, el destino, y cómo usar el Libre albedrío en el momento adecuado. Cuando llegue, encontrarás la paz y la felicidad tan deseadas. (Sanador)

"Lo entiendo. ¿Cuándo empezamos? (Víctor)

"Si no hay ningún obstáculo de su parte, en este momento. Te voy a enseñar a protegerte de la magia negra. (Sanador)

"No, ninguno. Puedes empezar. (Víctor)

En este punto, un búho se estremeció cerca de la novel y el sanador se estremeció. Instintivamente, golpeó la madera del taburete en el que Víctor estaba sentado y cruzó los brazos.

"Esta es una mala señal. Un espíritu caído debe estar al acecho. Ven conmigo. (Sanador)

Víctor obedeció al amo. Juntos caminaron a un lago cerca de la cabaña. Al llegar al borde, el sanador se arrodilló y le pidió al discípulo que hiciera lo mismo. Luego oró en silencio llenando ambas manos de agua y se la ofreció a su pareja. A pesar de que no estaba seguro, Víctor lo tomó. Al final, la conversación se reanudó.

"Eso es todo, eso es todo. Aquellos que beben de esta agua y aprenden la oración que enseñaré no tienen problemas con el desempeño de los espíritus inferiores. ¿Tú crees eso? (Sanador)

"Sí, si estás hablando. (Víctor)

"Eso no es lo que quería oír. ¿Realmente crees en tu corazón? (Sanador)

Por un momento, Víctor pensó un poco mirando alrededor. Contempló el universo en todos los sentidos. Sí, tenía que estar de acuerdo en que todo era posible y que había muchos misterios en el mundo a pesar de que parecía absurdo. Entonces, levantando la cabeza se enfrentó al maestro proclamando:

"¡SI, creo! (Víctor)

"Muy bien. Felicitaciones. (Alabado el sanador)

"Enséñame a orar. (Víctor)

"Sí, por supuesto. Debes orar así: Benditos genios de la luz, te invoco en mi protección personal. Mantiene mi cuerpo y mi alma de mis enemigos. Que ningún ser malvado pueda hacerme daño o acercarse a mí. Te forzó en el nombre de Jesucristo, el león de David. Que así sea.

¿"Eso es todo? (Víctor)

"Sí, ¿no es así simple? Sin embargo, solo te queda bien y no podrás enseñar a nadie. ¿Entendido? (Sanador)

"Eso es bueno. ¿Cuál es el siguiente paso? (Víctor)

"Tenemos seis más que cumplir. Sin embargo, tiene que ser en días alternos. ¿Qué tal si reservas en un mes, siempre los domingos? (Sanador)

"Eso es genial. Es el único día que no trabajo en el mercado. (Víctor)

"Entonces es correcto de esa manera. Dentro de un mes, nos encontraremos, y te pediré tu discreción en cuanto a todo lo que has visto y oído aquí. Por hoy, estás libre. (Sanador)

"Gracias y hasta otro momento. (Víctor)

"Nos vemos más tarde. (Sanador)

Con un apretón de manos, finalmente se despiden. Mientras el sanador regresa a la cabaña, Víctor se dirige a la aldea de Carabais. Sería otros 20 minutos a pie. Solo que esta vez sería más tranquilo porque la reunión resuelve varias dudas suyas. Sigamos adelante.

2.57-Reunión Familiar

Al llegar y entrar en la casa, Vítor acuda a la visita de sus familiares (Filomena, Rafael y la pequeña Clara). Sorprendidos y encantados, se saludan con besos y abrazos después de un largo tiempo de ruptura.

Se reúnen en la habitación para matar su nostalgia con una buena conversación. Excepto Que Penélope está preparando el almuerzo después de regresar del viaje.

"¿Cómo está mi madre? (Víctor)

"En la lucha habitual, haciendo actividades domésticas y artesanales. Cuando tenga un descanso, voy a dar un paseo a la casa de familiares y amigos como hoy. Y tú, hijo mío, ¿de acuerdo? (Filomena)

"Estoy satisfecho. En el área profesional, estoy aprendiendo mucho en el nuevo negocio. En el área personal, estoy feliz con mi esposa y con el aprendizaje inicial con mi nuevo maestro. (Dijo Vítor)

"¿Quieres decir que pones tu idea en práctica? Tienes mucho coraje. (Rafael señaló)

"Quien no se arriesga, no merienda, querido hermano. Además, primero tenemos que pensar en el bien de nuestro grupo. (Víctor)

"Te extrañé hermano. ¿Por qué desapareciste? (Clara)

"¿No te acuerdas, pequeña? Casado. (Explicado Vítor)

"Pero usted no tenía que separarse de nosotros. ¡Estoy enfadada con Penélope! (Clara)

"No, no sientas eso. Es una gran persona. (Rafael)

"Tú no tienes a mí y a tu hermano Rafael. (Filomena completada)

"Así es. ¿No recuerdas lo que dijiste un día? Juntos siempre, aunque esté en espíritu. (Argumentó Víctor)

"¡Oh, está bien! (Clara)

"Por favor, Clara, ve a jugar afuera. Los tres ahora necesitamos tener una conversación entre adultos. (Filomena)

¡"Lo he sabido! Adultos, tan complicados...... (Clara)

Como murmurando, Clara se alejó y se dirigió a la salida. Cuando la conversación estaba a una distancia segura, la conversación se reanudó.

"Bueno, ahora que estamos solos, ¿podría explicar lo que es esta historia acerca de donar al grupo? (Filomena estaba interesada)

"No es gran cosa, mamá. Tomo todo el cuidado necesario para no involucrarme demasiado. (Víctor)

"Creo que es bueno. Si tú o tu hermano me están ocultando algo, me verás más tarde. (Alerta de Filomena)

"No es nada. Puede estar seguro. ¿No es Rafael? (Víctor)

"Sí, por supuesto. Puedes confiar en mí. (Rafael)

En este momento, Penélope se acerca anunciando que el almuerzo está listo. Todos se dirigen a la cocina. Excepto Filomena que va a llamar a Clara fuera de la casa. Cinco minutos más tarde, los dos regresan y se unen al resto del grupo.

Luego, en un ambiente suave, comienza el almuerzo familiar. Durante veinticinco minutos, entre conversaciones, intercambio de bondades e intrigas saludables, los participantes tienen la oportunidad de sentir el sabor de pertenecer a las Torres. Esa sencilla familia, sin embargo, de gente honesta, digna y trabajadora. El apodo de videntes fue representado en la generación por el increíble Víctor.

Después del almuerzo, realizan otras actividades sociales y de ocio durante toda la tarde. Solo se separan cerca del anochecer. En la despedida, la emoción se apodera de todos y se comprometen a verse de vez en cuando en sus vidas ocupadas y turbulentas.

Cuando finalmente se separan, Víctor, por primera vez en el día, está a solas con su esposa. Antes de que algo salga mal, aprovecha la oportunidad para tener un poco más de intimidad con ella. En el clímax del placer, piensa: ¡Qué bueno fue haberse casado! En realidad, esta era una de las ventajas de estar casado. Por otro lado, las responsabilidades aumentaron porque él era el jefe de la familia. Sin embargo, hasta ahora, estaba igualando las expectativas.

Después del acto de placer, fueron a cenar. En ese momento, uno comparte con el otro las noticias del día. Entre ellos, apenas había secretos. Después, se van un poco y contemplarán la inmensidad del universo permaneciendo en este ejercicio unas dos horas. Al final de este tiempo, se cansan y se van a dormir. Al día siguiente continuarían sus actividades normales.

2.58-Nuevos amigos

La semana laboral comenzó normalmente. Desde los primeros días, después de un desayuno reforzado, la joven pareja formada por los mutantes Penélope y Vítor estaba tomando el máximo provecho en las actividades domésticas y en el servicio en el mercado. Lo estaban haciendo muy bien, por cierto.

El almuerzo estaba listo temprano. Las personas que fueron a comprar en el establecimiento fueron recibidas con prontitud y delicadeza como se merecían. El balance fue bastante positivo en todos los sentidos.

Al final del día, una buena sorpresa: conocieron a tres jóvenes llamadas Adelina Maciel, Celia Alonso y Henrietta Soares. Este último, el hijo del coronel. Esta reunión sirvió para fortalecer los lazos y desmitificar el concepto que tenían de la familia Soares. Al menos uno se salvó.

Después de mucho hablar, reservaron una visita para un fin de semana en la casa de Adelina en un mes como máximo. Todos prometieron estar allí y salir por un tiempo no haría ningún daño a la pareja. Por el contrario, solo añadiría experiencia.

Finalmente se despidieron. Cerraron sus horas y regresaron a casa. Cenaron, hicieron el amor y otras actividades comunes a un par de esas en ese momento. Al principio, se fueron a dormir porque el otro día estaría bastante lleno.

2.59-Nueva acción de los vigilantes

Un día sucedió. Como ya había comenzado su nuevo camino y se sentía preparado para actuar, Víctor convocó un encuentro extraordinario entre él, Ángel, Marcela y Ricardo. Era el cuarteto más poderoso entre los mutantes del bien.

Al final de la tarde, todos llegaron reunidos a toda prisa en la casa de Ángel a puerta cerrada. En los respectivos asientos de la sala, se establecieron y la conversación fue iniciada por quien provocó la reunión.

"Bueno, en caso de que no lo hayas sabido, he comenzado a someterme a las enseñanzas del curandero. Iré hasta el final por mí y por todos. (Víctor)

"Está bien. Espero que no te arrepientas más tarde. (Ángel)

"No se preocupe, maestro. No olvidaré lo que he aprendido de ti si eso es lo que te da miedo. (Víctor)

"¿A qué precio? (Ricardo)

"No puedo revelarlo. Pero puede estar seguro. Sé lo que estoy haciendo. (Asegurado Vítor)

"¿Qué has aprendido? (Marcela)

"En este primer contacto, para mantenerse alejado de la influencia de los espíritus inferiores. Creo que con mi ayuda finalmente podemos liberar a los campesinos. ¿Qué te parece? (Víctor)

"Esa es una buena idea. ¿Cuántos necesitas para ayudarlo? (Ángel)

"Creo que yo, Ricardo y Marcela somos suficientes. Juntos, podemos tener éxito. ¿Estamos juntos? (Víctor)

"Por supuesto. Cuéntame. (Ricardo)

"Conmigo, también. (Marcela)

"Eso está bien para mí, también. ¡Uno para todos y todos para uno! (Ángel)

¡"Para los agraviados! (Ricardo)

¡"Para lo correcto! (Marcela)

¡"Y con cuidado! (Víctor)

Después de despedirse del maestro, el trío inmediatamente fue a la cabecera de la granja Carabais. En el camino, se vuelven invisibles y con veinte minutos de caminata vigorosa ya se acercan a la mazmorra donde los campesinos están encerrados.

Después de unos pocos metros más son detectados por los oponentes que están en tres también. Esta vez tienes que luchar contra Romeo (Regalo de fuerza), Helio (poder sobre fuego) y Clementina (Clima).

Entonces comienza una nueva pelea. Las parejas formadas son: Vítor contra Clementina, Ricardo contra Hélio y Marcela contra Romeo. Desde el principio, Víctor, usando su desarrollo, logra bloquear la acción de los espíritus malignos que deja la lucha igual a la ventaja de los mutantes del bien.

Entre Ricardo y Helio, a pesar de que este último tiene poder sobre el fuego, no puede tener fuerza activa contra el maestro del magnetismo. La Vitória de la primera se produce rápidamente. Entre Clementina y Víctor, la situación es la misma: Todos los ataques del mutante malvado están bloqueados. En un descuido de ella, Víctor aplica un contraataque fatal que hace que caiga a la Tierra. Sin embargo, la situación de Marcela difiere, porque como Romeo tiene la fuerza, puede herirla un poco con un golpe. Ella es rápidamente ayudada por su novio que devuelve la misma moneda contra Romeo.

Los guardianes del mal son derrotados en esta batalla. Como son buenos, los otros mutantes perdonan sus vidas y unos momentos más tarde los campesinos son liberados y puestos a salvo a tiempo.

Efusivamente, gracias. Con la misión cumplida, los soldados del buen regreso a la residencia de Ángel. Cuando llegan allí, dan las buenas noticias. Son felicitados y liberados. ¡Otra Vitória mayoritaria contra las minorías elitistas! Siga así, lectores.

2.60-Telepatía física

El tiempo avanza rápido. Pasan días y semanas. Llega exactamente el día programado para la segunda reunión entre el sanador y Vítor. Temprano en la mañana, el último, después de desayunar y organizar los últimos detalles, se fue a Lugar del pintor. Ahí es donde estaba la simple choza de tu nuevo amo.

En el camino, tuvo la oportunidad de volver a visitar esos lugares por segunda vez desde que se mudó a la pomposa aldea de Carabais. Hemos detectado un problema desconocido. Un lugar muy similar a su patria a pesar de pertenecer a diferentes regiones. Se sentía, por lo tanto, en casa a pesar de no tener muchos amigos cercanos, pero era algo que debía ser conquistado con el tiempo.

En cuanto a las noticias, encontrarás dos grupos de personas en la carretera: cazadores y lavanderas. Saludarlos por cortesía y ambos siguen adelante. Algunos animales venenosos también parecen requerir que se desvíe un poco. Recoge el camino justo delante. En un momento del viaje, algunos seres del bosque tratan de ponerse en contacto. Sin embargo, no tiene tiempo para dispensar la atención necesaria porque una mezcla de nostalgia, miedo, inquietud y duda predominan en su ser. En el momento adecuado, esperaba ser suavizado. Probablemente, después de cumplir una nueva etapa ni siquiera sabía lo que sería.

El pequeño soñador del campo permanece entregado en manos del destino. Un tiempo después, finalmente se acerca a la meta. Camina unos metros más y, al acercarse a la puerta, llama firmemente para ser atendido. Momentos más tarde, es atendido y amablemente el anfitrión lo invita a entrar. Invitación aceptada, los dos se asientan en el centro de la cabaña (en taburetes) de pie uno frente al otro. Después de un rápido intercambio de miradas, el diálogo finalmente comienza.

"Buenos días, Víctor. En primer lugar, les pido que repitan una breve oración antes de comenzar el trabajo. (Sanador)

"Sí, por supuesto. Soy todo oídos. (Víctor)

"Que los buenos espíritus nos protejan de los malos. Que nada y nadie se ponga en nuestro camino y que absorbamos el conocimiento derramado en este lugar. (Sanador)

"Que los buenos espíritus nos protejan de los malos. Que nada y nadie se ponga en nuestro camino y que absorbamos el conocimiento derramado en este lugar. Que así sea. (Víctor)

"Muy bien. ¿Estás listo para el siguiente paso? (Sanador)

"Creo que sí. ¿De qué se trata todo esto? (Víctor)

"Se trata de desarrollar telepatía física. (Curador revelado)

"Bueno, aprendí algo de telepatía de mi antiguo maestro. Actualmente puedo tener algunos contactos con los espíritus. (Víctor)

"¿Puedes dominar la distinción entre espíritus buenos y malos? (Sanador)

"Todavía no. ¿Podrías enseñarme más sobre esta realidad? Estoy un poco confundido. (Víctor)

"Creo que es necesario. Ángel es un maestro extraordinario y debe haber tenido sus razones para no confiarte algunos secretos. Pero vamos en partes.1) La mayoría de los espíritus solo se acercan a alguien cuando están en la misma sintonía, en caso de invitación o cuando la persona es débil; 2) Generalmente, son espíritus que forman parte de un plan intermedio conocido como "Ciudad de los Hombres". Tenga mucho cuidado de no hacerles daño porque aún no han sido juzgados; 3) No se deje engañar por algunos que hacen predicciones falsas y el único objetivo es desestabilizarlo. Todo estará más claro para ti a partir de ahora. (Sanador)

"Lo entiendo. Puedes empezar. (Víctor)

El sanador se levantó y llevó a Víctor a exactamente siete pasos adelante. Te pidió que te sentaras en el suelo. A su alrededor, forró varias estatuillas de santos. A continuación, se reanudó el diálogo:

"Te voy a dejar en paz. Pida a los espíritus superiores conocimiento a través de su telepatía. Después de 30 minutos, encuéntrame en el lago.

Dicho esto, el sanador se alejó dejando al discípulo solo. ¿Qué sigue? El discípulo aún inexperto tendría que arreglarse a sí mismo. Un poco desesperado, comenzó a seguir las instrucciones del maestro durante el tiempo sugerido. Mientras que tanto como lo intentó, no había vuelta atrás. Nada inusual sucedió a pesar del clima muy especial causado por la presencia de las figuras.

Al final de los tiempos, salió de la cabaña y caminó un poco. Conoció a su actual amo en las orillas del lago. A diferencia de la primera vez que había estado allí, el lago estaba preparado: cubierto por una alfombra aromática de flores. Siguiendo las instrucciones del maestro, ambos se arrodillaron. En secuencia, el sanador oró un poco. En un momento dado, hundió la cabeza de Víctor en las aguas.

El contacto hizo que su mente viajara entre mundos desconocidos y vidas pasadas en cuestión de segundos. Todo salió muy bien hasta que se encontró con un conjunto de puertas entreabiertas que interrumpían las visiones. Lo que le hizo volver a la realidad y era necesario salir del agua. Luego regresó a la conversación.

"¿Funcionó todo? (Víctor)

"En parte sí. Sin embargo, me di cuenta de que sus puertas están abiertas. Es necesario corregir esto para que no sufras más. (Explicado el sanador)

"¿Puedes ayudarme entonces? (Víctor)

"Desafortunadamente, no en este caso. Pero conozco a alguien que puede. Su nombre es Clotilde Matos, una oración Carabais. Es mi amiga. Encuéntrala lo antes posible. En cuanto a la telepatía, está asentada. (Sanador)

"Muchas gracias. ¿Puedo irme? (Víctor)

"Sí, puedes. Nos veremos a finales del mes que viene. Los domingos como siempre. (Sanador)

"Eso está bien. Cerrado. (Víctor)

"Nos vemos más tarde. (Sanador)

"Nos vemos más tarde. (Víctor)

Dicho esto, Víctor se alejó comenzando el pequeño tramo de vuelta satisfecho. Sin duda, en cada paso dado, se sentía mejor y más seguro de poder enfrentarse al poder de las tinieblas. ¡Por el derecho y por la derecha! Declaró mentalmente.

El entrenamiento fue su efecto en todos los campos de su vida. Era de vital importancia para hacer frente a su misión. Desde que perdió a su padre, sintió más responsabilidad familiar y social. Con sus esfuerzos, esperaba satisfacer las expectativas de los que más amaba.

Con este objetivo en mente, completa el viaje en un tiempo razonable. Descansarías un poco, le presta rías atención a tu esposa y solo pensarías en los problemas el otro día. Después de todo, el domingo es descansar.

2.61-La oración

Surgió un nuevo día. Desde los primeros días, Vítor y su esposa se han ocupado de sus muchas cosas. Entre ellos, las tareas domésticas, el trabajo de mercado y los compromisos sociales asumidos a lo largo del día.

Más tarde, al final de la obra, Vítor recordó el consejo del actual maestro. Luego habló rápidamente con la mujer colocando puntos importantes sobre su entrenamiento. Terminó llegando a un acuerdo con ella. En un momento posterior, se fue en busca de esta nueva reunión que prometía ser importante.

En busca de su meta, pidió información sobre la dirección de Clotilde a una meta, preguntó cómo llegar allí. Lo aprecia. La residencia del sabio estaba a solo doscientos metros de donde se desarrollaba una esquina derecha.

A partir de este momento, con ocho minutos de caminata vigorosa, se llega frente al destino. Por un momento, es estático. ¿Quién sería Clotilde? ¿Qué poderes poseías? ¿Sería peligroso involucrarse con otro místico? Bueno, no tuvo más remedio que seguir adelante y averiguar qué le estaba esperando.

Tomando esta decisión inconscientemente, finalmente se mueve apoyado contra la puerta. Late ligeramente con varios golpes. Espera un momento. Como nadie responde, llama una vez más al dueño de la casa. Inmediatamente, la estrategia funciona porque una mujer pequeña, un poco llena y que parece ser la vejez viene a servirle.

"Joven, ¿qué quieres?

"Estoy buscando a la Sra. Clotilde. ¿Está aquí? (Víctor)

"Soy yo. Por favor, pase. (Clotilde)

Víctor acepta la invitación y sigue a la anfitriona. Al entrar en la casa, se da cuenta de la gran simplicidad revelada en cada detalle en el sitio. Una simplicidad extremadamente similar a la del sanador. Uno entonces pregunta: ¿Todos los místicos tenían ese destino o fue una opción de vida? ¿O tal vez todavía era un castigo impuesto por el universo? Piense rápidamente en el caso y convénzase de que era un precio a pagar por toda la sabiduría obtenida.

Dentro de la casa, caminan uno al lado del otro. Después de unos pasos, tienen acceso a la habitación y pueden acomodarse a los taburetes disponibles. De pie cara a cara sus ojos se cruzan. Con su experiencia y audacia, Clotilde comienza el diálogo.

"¿Qué puedo hacer por ti, hijo mío?

"Un amigo me aconsejó que la buscara. Quiero que cierres mis puertas espirituales porque parecen estar abiertas. (Víctor)

"Muy bien. Este es un problema serio que hace que los psíquicos sufran mucho. ¿Crees que puedo ayudarte? (Clotilde)

"Sí. ¿Cómo va tu tratamiento? (Víctor)

"A través de la oración. Rezo para curar varios males. Sin embargo, la oración únicamente vale la pena si la persona que me busca tiene una fe convencida. (Clotilde)

"Lo entiendo. Después de todo lo que he vivido en esta vida, creo que es posible. Dios puede usarlo con el propósito de ayudarme. ¡Estoy listo, estoy listo! (Víctor)

"Es perfecto. Solamente esperé un minuto, joven. (Clotilde)

Se retiró por un momento dirigiéndose a la cocina en pasos cortos pero seguros. Su mirada transmitía seguridad y profesionalidad. Al regresar, trajo una pequeña agalla entre sus manos. Se acercó e hizo que Víctor se sentara en el suelo. Luego desató un pañuelo pegado a su cintura y envolvió el pecho del visitante.

A partir de este momento, en silencio y discretamente, comenzó a pronunciar palabras incomprensibles como si pertenecieran a otras lenguas. Incluso si hacía un esfuerzo, Víctor no entendía nada. Vagamente, solo escuché lo siguiente: .... Nuestro...... Señor............ Jesús.................. ¡Cristo!

Con el tiempo, la mente de Vítor fue relajante. En un momento dado, se profundizó en las profundidades de su ser produciendo una reacción interesante e impresionante. Era como si realmente se conociera sin máscaras ni obstáculos, es decir, sus debilidades, dudas, inquietud, temores y misterios ocultos se le revelaban claramente. En este momento de escape, todo llevó a la creencia de que lo que estaba buscando era posible: "el encuentro entre dos mundos tan dispares".

Se establece un segundo más. Entra en una especie de trance haciendo que su esencia vaya aún más profunda a través de las complejidades de su personalidad. Justo delante, se da cuenta de un destello que se extiende la luz a través de la abertura de puertas y ventanas. Lleno de curiosidad, avanza un poco más. Cuando te acercas mucho, algo te empuja a no abrirlos de inmediato.

Es en este mismo momento que despierta junto a su benefactor, que abre una amplia sonrisa.

"¿Te sientes mejor? (Pregunta de Clotilde)

Todavía un poco sorprendido por la experiencia, Vítor tartamudea:

"Mucho mejor! ¿Te las arreglaste para curarme?

"Hice mi parte. Por ahora, cerré sus puertas. Sin embargo, tenga mucho cuidado de no abrirlos de nuevo. (Clotilde)

"¿Qué quieres decir? (Víctor)

"No inviten a ningún espíritu a acercarse y ya no tendrán este problema. (Clotilde explicado)

"Lo entiendo. Voy a hacer un esfuerzo. ¿Cuánto costó su trabajo? (Víctor)

"Bueno, yo no cobro por mi regalo. Pero si quieres ayudarme, estoy necesitado. (Clotilde)

"Toma ese dinero. (Víctor)

"Gracias, hijo, que Dios te pague. (Clotilde)

"Nos vemos más tarde. (Víctor)

"Nos vemos más tarde. (Clotilde)

Después de la despedida, Víctor fue a la salida. Al pasar por la puerta, tuvo acceso a la calle. Cuando estaba a una buena distancia, algo le hizo mirar hacia atrás. Desde la entrada de la casa, Clotilde gritó:

"Continúa en tu camino. Tendrás éxito porque Dios bendice a las personas buenas y generosas.

Vítor le dio las gracias con una sonrisa y continuó adelante. Superó los 200 metros y se acercó a su residencia. Cuando llegaba allí, descansaba y disfrutaba de momentos con su esposa. Cuando los dos estaban cansados, dormían.

Pasó otro día y con cada paso dado estaba más preparado para lo que el destino le había dado. Continuar.

2.62-Decisión importante

Cada día que sucedía la relación entre Marcela y Ricardo se consolidaba sin más contratiempos. Estaban comprometidos y a diferencia de la pareja formada entre Vítor y Penélope decidió conocerse mejor. Tenían razón. El tiempo les ayudó a poner todo en su lugar correcto.

Aproximadamente siete meses después de los matrimonios de sus colegas, en una de sus actividades conjuntas de ocio, los dos hablaron extensamente decidiendo dar una solución definitiva a la cuestión. Programaron para el próximo mes la boda en el civil.

Solo faltaba la comunicación a los respectivos parientes. Estaban esperando su apoyo en todos los sentidos.

El mismo día, tuvieron una reunión familiar y no tuvieron problemas para ser aceptados y comprendidos. A partir de ahora, comenzarían los preparativos para el golpe que iban a dar a las personas más cercanas a ellos.

2.63-Excursión

La línea de tiempo avanza y llega exactamente en el día acordado para la reunión de la pareja (Vítor y Penélope) con los nuevos amigos que se llamaban Adelina Maciel, Celia Alonso y Henrietta Soares.

Como cualquier otro día, Vítor y Penélope hacen sus actividades diarias durante la mañana y la tarde. Por la noche, se van a casa a cenar, se bañan, llevan un hermoso atuendo y se van siguiendo las pautas dadas por ellos en el encuentro rápido que tuvieron.

En menos de diez minutos, llegan a la casa de Adelina situada en la calle principal. Esto no fue una sorpresa para nadie porque, aunque Carabais era un centro político-agrario no era tan poblado como la mayoría de los centros interiores de la época.

Luego llegan a la puerta. Golpean lo mismo y en cuestión de segundos son atendidos por la anfitriona. Los lleva a la sala central donde ya se encontraban sus padres y otros tres amigos, un total de cinco personas.

Son las presentaciones. Todos se saludan y la conversación comienza en un ambiente romántico con luz de lámparas y velas que fue la fuente de luz de la época.

"¿Quieres decir que eres el famoso Víctor? (Analice, la madre de Adelina)

"Sí, soy yo. Gracias por el famoso. Espero construir una nueva historia junto con mi esposa aquí en este pomposo pueblo. (Víctor)

"¿De dónde eres? (Itamar, el padre de Adelina)

"Soy de la casa de pescadores mientras mi esposo es del Lugar de la Fundación. Nos conocimos en la escuela, nos enamoramos, nos casamos, nos casamos y gracias a Dios somos felices. (Penélope)

"Se puede ver en sus ojos. Felicidades. Pero díganos, ¿le gusta el pueblo? (Adelina)

"En particular, estoy teniendo la oportunidad de tener nuevas experiencias, conocer gente interesante y desarrollar mi potencial. En resumen, lo estoy disfrutando mucho. (Víctor revelado)

"Yo también lo estoy disfrutando, pero las obligaciones de una mujer casada no son fáciles de conciliar. (Penélope confesó)

"Bienvenidos al equipo. (Niños Analice)

"Las mujeres se quejan, se quejan, pero los hombres tenemos que entregar treinta para apoyar la casa y soportar su mal humor en tiempos de crisis. ¿No es Víctor? (Itamar)

"Estoy de acuerdo en parte. A pesar de ser una bestia, mi esposa también es dulce a veces. (Alabado Víctor)

"Gracias, gracias. ¿Sabe que estás aquí? (Penélope)

"Más o menos. Tiene confianza en mí. (Henrietta)

"Ten mucho cuidado de no perder este don porque todos aquí sabemos lo cruel que puede ser. (Aconsejada Celia Alonso)

"Los míos son un poco más maleables. (Señaló Rosa García, otra amiga)

"¿Quieres algo de comer o beber? (Ofrecido Analice)

"Para mí, si tienes un jugo. (Víctor)

"Quiero agua. (Penélope)

"Trae el pastel, mamá. (Adelina)

"Me encanta el pastel! (Celia)

"Solo quiero una pequeña pieza porque he cenado mucho. Henrietta

Por un momento, Analice se fue hacia la cocina. Al llegar al recinto, fue a preparar las órdenes. Mientras tanto, los demás continuaron comunicándose en la habitación alegremente. Quince minutos después, todo estaba listo. Entonces la señora de la casa, con un grito, llamó a todos a asistir. Los presentes fueron a la escena. Al llegar, se pararon alrededor de la mesa en sus sillas comenzando una gran atmósfera de fraternización entre ellos. La merienda fue entonces servida.

Después de un breve intervalo de silencio, la conversación se reinicia.

"Henrietta, ¿cómo van las cosas entre el mando de tu padre y los mutantes del bien? (Analice estaba interesado)

"Más o menos. Entre Victorias y derrotas. Pero, aunque soy su hija, admiro la actuación de los vigilantes. Henrietta

"Yo también lo admiro. (Comentada Penélope)

"¿Alguien sabe su identidad secreta? (Preguntado Itamar)

"Nadie. Aparte de las especulaciones, se sabe que hay cuatro hombres y dos mujeres. (Celia)

"Bueno, independientemente de quiénes sean, sus acciones ya han sacudido la estructura del poder dominante. Creo que es muy saludable. (Adelina)

"Estoy de acuerdo. Pero aún queda mucho por lograr. (Víctor complementado)

"¿Qué tal si formamos nuestro propio grupo? (Rosa)

"¿Con qué propósitos? (Penélope estaba interesado)

"Por la amistad, la dignidad y la transparencia. ¡Aparte de la élite opresiva! (Rosa)

"Estoy en. (Víctor)

"Yo también. (Penélope)

"Pero no tenemos poderes. (Se nota Celia)

"Usted no tiene que. Un trabajo de concienciación sobre los más cercanos a nosotros fue suficiente para nuestra causa. (Rosa)

"Esa es una gran idea. Puedes contar conmigo. ¿Y tú, mamá y papá? (Adelina)

"No tenemos la fuerza ni la edad para hacer eso. ¿No es mi viejo? (Analice)

"Es verdad. Pero tienes todo nuestro apoyo. (Itamar)

"Usted ha olvidado que yo también soy una élite. ¿Vas a pelear conmigo? (Henrietta afligida)

"No te preocupes por eso. Eres la buena élite. (Rosa)

"Entonces contar conmigo también. Henrietta

Para firmar el acuerdo, los seis jóvenes se levantaron por un momento. Estaban en un círculo y se tocaban de la mano, juraban que siempre estarían juntos, serían amigos y luchaban por la causa. Al final, hubo un abrazo colectivo con la participación de todos.

Después del abrazo, los regalos regresaron a la mesa y se encargaron de terminar de alimentarse. Todavía hubo unos momentos de intercambio de información. Permaneciendo un poco más tarde, Vítor y Penélope estaban tratando de despedirse porque tendrían un trabajo duro y agotador por delante el otro día. Los demás visitantes aprovecharon la señal y se despidieron. En cuestión de segundos, se fueron.

Saliendo juntos, cada uno buscó su destino prometiendo incluso separar la actuación juntos. Eso es bueno. Ahora tenemos más aliados contra el poder de la corrupción y el autoritarismo de la época. Sigamos adelante.

Sin más percances, la pareja Vítor y Penélope regresaron a casa. Inmediatamente se tomaron una noche para dormir porque se sentían muy cansados. Un paso más se ha completado correctamente.

2.64-Reacción

Como cada acción tiene una reacción, los mutantes malvados después de la derrota en la última batalla trataron de encontrar una posible solución a la nueva situación impuesta. Para ello, celebraron numerosas reuniones junto con el jefe Lord Soares y Esmeralda, el líder espiritual. Terminaron teniendo una idea y se organizaron para ponerla en práctica.

El día elegido cayó exactamente un día después de la gira de la pareja Vítor y Penélope. En detalle, sucedieron los siguientes: Tres mutantes fueron elegidos (Henry, Patricia y Romeo) y fueron enviados al centro de la aldea con el fin de detener a cualquier ciudadano inofensivo que se metió en su camino.

Así es como se hizo. Detuvieron a un niño y a una niña y los llevaron a la mazmorra de la granja gritando a los cuatro vientos que quien tuvo el valor de rescatarlos. Con eso, este rumor se extendió rápido.

Llegando a los oídos de los Mutantes del bien, se organizó una reacción. El grupo estaba formado por Rafael, Ricardo y Marcela. Los tres eran invisibles y se movían sin problemas hasta muy cerca de la fortaleza. Cuando fueron detectados por sus rivales, no tuvieron más remedio que enfrentarse a una pelea. Los rehenes fueron liberados inmediatamente (Eran solo carnada y ya habían cumplido su propósito). Las parejas de combate formadas fueron: Rafael Contra Henrique; Patricia Versus Marcela; Romeo contra Ricardo.

Entre Rafael y Henrique, la disputa resultó ser equilibrada porque, aunque la primera no tenía poderes, tenía muchas técnicas interesantes. Marcela, por otro lado, tiene una ligera ventaja sobre Patricia porque con su especial capacidad para leer mentes, puede predecir todos los movimientos de su oponente, facilitando la defensa entre Romeo y Ricardo, la primera no tiene dificultad en dominarla.

Durante quince minutos de intensa batalla, la situación no cambia. Los que están en desventaja terminan pidiendo clemencia. La batalla, sin grandes pérdidas, termina con una ventaja de dos a uno para los mutantes del bien. Se puede decir que de alguna manera el intento había sido un fracaso. Todos regresarán a sus hogares sin una definición de cómo terminaría esta disputa.

2.65-Hipnosis

El tiempo avanza y llega de nuevo en el día marcado para el tercer encuentro de aprendizaje espiritual mutuo entre el sanador y su discípulo, Víctor. Como siempre, este último llega puntualmente a la cabaña del maestro. Al acercarse a la puerta, golpea firmemente en ella tres veces.

En unos momentos se asiste y ambos entran en la cabaña para otra experiencia importante. Se mudan a cómo sería la cocina. En este ambiente, se sientan en los taburetes disponibles y se enfrentan uno frente al otro. El maestro es el primero en conversar.

"¿Cómo te las has las, querido Víctor?

"Bueno, ¿qué hay de ti?

"En paz. ¿Tomaste mi consejo?

"Sí. Tenías mucha razón. Ahora estoy mejor.

"Soy tan bueno. Pero no me llame señor. Somos amigos por encima de todo y prescindimos de estas estúpidas formalidades.

"Eso está bien. ¿Cuál es la misión de hoy?

"Te voy a enseñar sobre la hipnosis. ¿Estás listo?

"Sí, siempre.

Con la respuesta positiva, el sanador se retiró de la presencia de Víctor por un momento. Poco después, regresó vestido estrictamente: ropa blanca con algunas lágrimas. Dio unos pasos, estuvo muy cerca del sirviente aplanando sus manos en la frente. Inmediatamente, pronunció una misteriosa oración durante cinco minutos. Después de este tiempo, el Sanador lo sacó.

Afuera, comenzó a enseñar:

¿Ves el horizonte, Víctor? Mientras que para nosotros es infinito en ambas direcciones a Dios, él es finito. Sabes, quiero contarte una historia conocida por unos pocos: En tiempos antiguos, esta región fue una vez un oasis. Desde aquí un río desembocó en el San Francisco y desembocó en el Atlántico. Debido al río, la tierra era extremadamente fértil y la población de la época vivía tranquilamente en abundancia. Era un verdadero paraíso.

"¿Verdad? ¿Y por qué se ha convertido en esta región seca?

"Trabajo de magia. En la costa, había un maestro en la magia negra que, al lanzar una plaga, se secaba el río. El único rastro de él es el lago. Es exactamente en él que aprenderás de nuevo. Vamos.

Víctor obedeció al amo. Cuando se acercó mucho, se le ordenó que se sentara en las orillas de la misma. El sanador entonces explicó:

"Lo que enseñaré es extremadamente eficaz para el desarrollo de una persona. ¿Puedo empezar?

"Usted puede hacerlo.

"Presta mucha atención al agua del lago. Descáralo.

"Es claro, de tono claro y burbujeante.

"Mírala e imagina una imagen que le cause dolor o alegría extrema. Un recordatorio de tu pasado.

Víctor obedeció. Después de unos momentos de concentración, comenzó a relajarse. Con un poco más de tiempo se durmió en parte, lo que le dio la oportunidad de comenzar un viaje astral. En este tipo de relax. Con algunos momentos importantes de su vida con la compañía de padres, animales y la naturaleza misma. Centrándose en cada imagen, poco a poco fue controlando sus instintos. Esto trajo como consecuencias una abundante paz y autocontrol también. Todos sus miedos e inquietud había cojo detrás. Durante un tiempo, se sumergió en esta dirección hasta que oyó una voz seria y clara decir: ¡Despierta!

Esta orden fue suficiente para despertar a Víctor y lo hizo volver a la realidad. A continuación, el maestro reanudó la conversación:

"Cuéntame tu experiencia.

"Me sentí un poco inmerso en mí mismo. Los recuerdos dolorosos todavía me causan un enorme dolor.

"Se esperaba. Pero a partir de ahora tienes las herramientas para seguir adelante sin traumas como lo hice un día.

"¿Cómo se llama esta técnica de nuevo? ¿Hipnosis?

"Sí. Pero no el común. Un tipo especial que solamente yo conozco y que solamente debe usarse en casos especiales, ¿entiendes?

"Eso está bien. ¿Lo tengo claro? Quiero prestar atención a mi esposa.

"Lo es. Ya puedes irte. Nos reunimos en un mes, a la misma hora y lugar. ¿Correcto?

"Positivo.

Los dos se saludaron y Víctor finalmente se fue. Yo volvería. Cuando llegaba a casa, cuidaba de su esposa como prometió y solo pensaba en los otros atrasos el otro día. Siga así, lectores.

2.66-Robo

Pasan los días. Cada momento el choque entre el bien contra el mal, las élites contra las personas, los prejuicios frente a la mente abierta se intensifican. Pero gracias a Dios hasta ahora, no se había producido ninguna tragedia en la vasta región de Pesqueira.

Concretamente, en relación con los protagonistas, continuó los preparativos para la boda entre Ricardo y Marcela. Esmeralda junto con las principales acciones planeadas y Ángel continuó en el hermoso trabajo por delante de los mutantes. Permaneció tranquilo, aunque su corazón se arrancó desde el interior por amor imposible. Los otros mutantes continuaron en la búsqueda del desarrollo (cada uno defendiendo su posición). En cuanto a la pareja formada por Vítor y Penélope, estaban viviendo un muy buen rato tanto en el área personal como profesional.

Fue exactamente este último elemento lo que despertó cada vez más envidia en ciertas personas del pueblo. Este sentimiento creció tanto que uno de ellos comenzó a planear algo para obstaculizar el progreso del negocio comandado por Vítor.

La persona de la que hablo era José Pereira. Era un antiguo comerciante en el pueblo que posee una panadería, un mercado y un bar. Por una razón u otra, terminó teniendo que cerrar el negocio y ahora vivía de pequeños servicios prestados.

Sintiéndose infeliz y disgustado con la vida, José contrató a un marginal para hacer un trabajo. Veamos qué pasó.

En un día normal de servicio público, Vítor hizo su trabajo en el mercado cuando entró en el establecimiento un tema delgado, con pocos modales y aparentemente nervioso. A su lado, llevaba una escopeta con puñetazos. Con cuidado, Víctor se acercó.

"¿Qué quiere, señor?

"Quiero un paquete de galletas.

"Solo un momento. Lo traeré de inmediato.

Víctor se alejó un poco mientras buscaba la petición. Al encontrarlo, inmediatamente regresó a la ubicación inicial. Al entregar la solicitud, el hombre apuntó el arma en su dirección amenazando:

"Dame todo lo que tienes en la caja si no quieres llevar fuego.

"Eso está bien. Solo mantén la calma.

Nerviosamente, Víctor se dirigió con el marginal al cajero. Al abrirlo, entregó el dinero disponible en él. Rápidamente, el agresor se alejó, pero siempre con el arma en la mano. Estático, momentos después, Víctor oyó el ruido de un trote de caballo que se aleja. Cuando se aseguró de estar a salvo, observó afuera, pero era demasiado tarde. Ya estaba fuera de alcance.

Había sido la peor experiencia de su vida y el susto había sido tan grande que ni siquiera había pensado en reaccionar. Pero analizar con frialdad había sido la mejor opción porque a pesar de ser un mutante había sido tomado por sorpresa y cualquier movimiento falso su podría ser causa de un disparo.

Con unos minutos, se recupera de la Conmoción psicológica. Luego cierra las puertas y se dirige a la residencia del jefe. Una vez allí, informa de lo que pasó. En una reunión rápida, deciden dos cosas: Reportar el caso en la comisaría de policía y contratar a un vigilante.

Con la decisión tomada, los pondrán en práctica. Mientras Ángel va a buscar al secretario, Víctor va a la comisaría.

2.67-En la comisaría

Con un paseo de diez minutos, Vítor finalmente llega a la comisaría. Es un pequeño edificio, situado al final de la calle principal a la derecha. Rápidamente, entre en el gabinete. Estuvo en la sala de servicio donde encuentra tres empleados en servicio: Marcelo Dias (delegado), Peixoto (registrador) y Tobias Leve (carcelero). Sin embargo, estaban en total holgazán lo que puso a todos los de Carabais en peligro. Indignado, Víctor grita lo que es suficiente para despertarlos.

"¿Quién? ¿Cuándo? ¿Cómo? (Los tres balbuceados)

"Lo siento si te estoy molestando. Depende de ti que venga a informar. (Explicado Vítor)

"No me digas que los Cangaceiros lo atacaron. Si ese es el caso, has perdido tu tiempo porque no tengo suficientes tropas para enfrentarme a ellos. Esos tipos malos lo pusieron en fuga al gobierno. (Marcelo)

"Solo soy un empleado. Yo tampoco me ocupo de esta situación. (Peixoto)

"Yo también. (Tobías)

"No es así en absoluto. Supongo que es fácil de resolver. (Víctor)

"Muy bien? ¿De qué se trata todo esto? Peixoto, anota todo lo que dice. (Quería conocer a Marcelo)

"Hubo un robo en el establecimiento en el que trabajo. Un ladrón tomó todas las recetas del día. (Víctor)

"¿Podría describir a los chicos? (Marcelo)

"Un tipo alto y delgado, que parece tener cincuenta años, ojos oscuros y piel. Llevaba una escopeta y una bolsa. (Víctor)

"¿Lo has visto en otro lugar? ¿Dejaste alguna pista? (Marcelo)

"No, nunca lo he visto. Estaba paralizado por el miedo y no lo sí. (Víctor)

"Lo entiendo. Voy a empezar la investigación, y en caso de que consigas algo, te lo haré saber. (Marcelo)

"Gracias, gracias. Estaré esperando. Nos vemos luego. (Víctor)

"Nos vemos más tarde! (los otros tres)

Víctor ha salido. Superando el obstáculo, accedió al exterior. Con esto, el viaje de regreso comenzó. Había hecho mi parte y ahora esperaría los arreglos para resolver el asunto. Cuando el jefe arregló el vigilante, volvería a abrir las puertas del establecimiento.

El día negro pasaría y permanecería firme en sus proyectos enfrentando a todo y a todos.

2.68-Boda

El tiempo sigue avanzando y finalmente llega el día marcado por la relación matrimonial entre Marcela y Ricardo. Desde una edad temprana, los novios se prepararon en sus respectivas residencias. Solo están a tiempo para celebraciones civiles y religiosas.

En un ambiente de armonía y felicidad y con la presencia de familiares, amigos y conocidos, la unidad eterna y el amor de dos promesas. Después de las ceremonias, los regalos salen para un club reservado y allí comienzan a celebrar.

Durante unas tres horas, entre horas, entre y bebidas todo el mundo se divierte mucho. Hasta que llegue el momento en que, según la tradición, el novio secuestra a la novia y juntos van de luna de miel. Para ser retenido en la nueva casa, en la casa de pescadores. Comienza una nueva etapa en la vida de los dos que prometían ser bastante interesante.

Habían seguido el ejemplo de la pareja de amigos Víctor y Penélope.

2.69-Conmoción

Volviendo a la disputa entre los dos grupos de mutantes, el lado malvado no estaba en absoluto satisfecho con el resultado de las últimas batallas. Con el fin de cambiar la realidad actual, Esmeralda (la líder) promovió varias reuniones entre sus mandos. En estas horas, intensificó su potencial.

Cuando sintió que estaban listos, le dio a cada uno el amuleto en forma de pentágono de la oscuridad. Les aconsejó que lo usaran en horas de aprieto. Ahora solo era necesario promover un nuevo encuentro entre las "fuerzas opuestas».

La oportunidad correcta surgió cuando el mayor intentó ocupar tierras adyacentes a su propiedad. Indignados, los dueños pidieron ayuda a los mutantes para difundir la palabra. Cuando llegaron a los oídos de Ángel, decidió enviar a cuatro de sus oficiales al mando con el propósito de rescatar la tierra. Los elegidos fueron Rafael, Ricardo, Penélope y Víctor.

Este equipo, frente a todas las adversidades del camino, se acercó a los oponentes y luego se inició la lucha. Eran cuatro contra cuatro.

Cada uno atrapó a su oponente recibiendo la distribución de esta manera: Henry contra Penélope; Orlando vs. Ricardo; Víctor contra Clementina y Rafael contra Patricia. Inicialmente equilibrados, la disputa fue ganando los siguientes contornos: Penélope, Ricardo, Vítor y Patricia se aprovechan sobre los oponentes. Consiste en un 3x1 para siempre. A medida que pasa el tiempo y la situación no cambia, los oponentes siguen los consejos y usan la magia del pentágono.

La puntuación se convierte en 3-1 para el mal, excepto Víctor que es inmune a la magia. No contento con el resultado, el grupo del villano continúa masacrando a los buenos, imponiendo humillaciones. Llegaron a matar al poderoso Ricardo Cardoso de un golpe en la cabeza.

Disgustado, Víctor reacciona. Con sus poderes desarrollados que devuelve a Orlando, matándolo también. Eso equivale a las bajas. Poco después, con el fin de evitar grandes desastres, se retira con sus colegas. La batalla se había perdido por completo. El objetivo no se había logrado. La Victoria había sido de la bruja, pero a un alto costo para ambos bandos. ¿Qué sigue? ¿Qué pasaría?

2.70-Nueva reunión

Después del hecho, todos los involucrados se dedicaron a la preparación de los cuerpos con el fin de darle un entierro decente en el mismo día. Separados, Ricardo y Orlando están enterrados en el cementerio del pueblo con la presencia de familiares, amigos y conocidos. Todos los tributos se les pagan.

Al final, los restos del grupo de vigilantes comandados por Ángel organizaron inmediatamente una reunión con el propósito de discutir cuestiones internas del grupo. La reunión se celebraría en la tarde del mismo día.

En el lugar habitual y en el momento acordado, todos asistieron y fueron recibidos por el anfitrión que los llevó a la pequeña habitación. Cada uno se asienta en su asiento respectivo.

El primero en hablar fue el maestro:

"Lamento profundamente lo que sucedió, pero todos sabíamos los riesgos que estábamos tomando cuando participamos en un proyecto tan grande. Mientras yo, seguimos adelante. ¿Qué te parece?

"Estoy desolado. Perdí a un compañero maravilloso mientras aún estaba de luna de miel. Sin embargo, sé que su voluntad es que continuemos. ¡Sigamos adelante! (Marcela)

"Entiendo tu dolor. También he perdido gente cercana y admirado a Ricardo por su poder y carácter. ¡Estamos juntos! (Víctor)

"Estoy aquí para apoyar lo que sea necesario. (Penélope)

"Fue realmente traumático. Nunca había visto un asesinato. Pero si es necesario, también donaré mi vida por la causa. ¡Por Ricardo! (Rafael)

"Entonces por unanimidad se decide que los combates continúan. Espera un minuto tengo un regalo para cada uno de ustedes. (Ángel)

Ángel se alejó por un momento. Fue a su habitación. Unos cinco minutos más tarde, regresó trayendo cinco cadenas cada uno con un crucifijo. Distribuyó cuatro y consiguió uno. Al darse cuenta de la mirada curiosa de todos, explicó:

"Este símbolo nos protegerá de los ataques. Esto nos pone en pie de igualdad en función de nuestros esfuerzos. Si alcanzamos la armonía necesaria, podemos lograr el triunfo final.

"Muy bueno. Admiro su historia. (Víctor)

"Buscaré consuelo para mi dolor en tu respiración. (revelado Marcela)

"Usted encontrará el consuelo. Estoy seguro de que siempre nos apoyará. (Penélope)

"Con nuestra cooperación, es posible que haga una diferencia. (Rafael)

"Eso es todo, chicos. Necesitamos fe para soportar el dolor, eludir los obstáculos y seguir el difícil cruce que tenemos por delante. Observo que lo has aprendido divinamente. ¡Por el éxito! (Ángel)

La exclamación de Ángel infecta a todos los que se acercaron, lo que resulta en un abrazo de cinco años. Desde el contacto, se produce un poco de luz que representa la fuerza de la amistad.

A medida que se alejan, se disipa físicamente, pero siempre estaría presente en sus respectivos corazones. ¡Vigilantes para siempre!

Poco después, Ángel despide a todos porque tenían obligaciones que cumplir. El trabajo del grupo sólo se reanudaría en el momento adecuado. Mientras tanto, pensaría en los próximos pasos.

2.71-Abstracción

Pasaron unos días sin muchas noticias. El día estaba programado para el cuarto encuentro entre el sanador y Víctor, en la búsqueda de la mejora espiritual de ambos.

Como siempre, la reunión cayó el domingo. Después de desayunar, Vítor inmediatamente fue a su destino planeado.

Frente a las adversidades ya conocidas, cumplió el viaje total en dieciocho minutos de caminata vigorosa. A medida que se acercaba a la meta, su corazón aceleró como si estuviera a punto de experimentar experiencias inusuales e impredecibles. Probablemente pasaría, pero no era nada nuevo porque desde que descubrió su don, el joven Víctor vio su vida convertirse en una noria. ¡Y qué rueda!

Ya había aprendido sobre magia blanca, había entrado en un grupo de mutantes que se habían convertido en vigilantes, había perdido a su padre, había sido decepcionado en el amor, había conocido a Penélope, comprometido, casado, y ahora estaba experimentando conocimiento más allá del bien y el mal. Ya se había convencido de que todo era posible. Para todos tus seres queridos, seguirías adelante. En este preciso momento, caminas un poco más lejos. Al llegar a la puerta, toca fuerte y tres veces. Espera un momento.

El maestro te atiende e inicialmente te lleva a la sala de estar. Se asientan en los taburetes disponibles y la conversación finalmente comienza.

"¿Cómo has estado, Víctor? ¿Listo para un próximo desafío?

"Bueno, gracias. Estoy dispuesto a aprender más. ¿Cuál es el reto de hoy?

"Te voy a enseñar sobre la abstracción, y espero que no te traumatices. ¿Podemos empezar?

"Sí, por supuesto.

"Sígueme entonces.

Víctor obedeció al maestro siguiéndolo a la habitación. La puerta estaba cerrada desde el interior con el fin de evitar imprevistos. Mientras se sentía seguro, el sanador se acercó a una pintura. Después de unos momentos de contemplación, sáquelo de la pared.

En ese momento, el estudiante tenía acceso a la vista de un espejo. Ante su expresión de duda, el maestro aclara:

"Este es mi espejo secreto. Posee propiedades muy importantes. Pon tu mano derecha sobre él.

El Siervo obedeció una vez más. Al tacto, algo fantástico sucedió: De repente, su reflejo comenzó a moverse y a volver a la vida. Poco después, salió del espejo y se puso a su lado.

Al ver el rostro de asombro del discípulo, el sanador intervino de nuevo.

"No tengas miedo. Es parte de ti, lo que significa que eres tú. Se trata de tu yang.

¿"Yang? ¿Qué es esto?

"Su principio masculino. También significa la luz interior. Junto con Yin que es la parte femenina completan tu ser.

"Lo entiendo. Mi viejo amo me lo había contado un poco. ¿De qué me sirve este hermano gemelo?

"No soy un gemelo. ¡Yo soy tú!

"Cuando estás demasiado ocupado, puedes enviarlo para reemplazarlo en misiones simples. (Aclaró el sanador)

"Me gusta eso. Estoy muy ocupado. (Víctor)

"Simplemente no me uses para engañar a la gente. (Alertó a los que se parecen)

"Es verdad. La sustitución tiene un límite. De todos modos, felicidades. Eres uno de los pocos mortales que puede ser omnipresente. (Sanador)

"Gracias, gracias. ¿Qué sigue? ¿Cómo se invierte el proceso?

"Toque el espejo de nuevo.

Víctor siguió de nuevo las instrucciones del maestro. Al tocar, volvió al espejo. La abstracción se completó entonces.

"¿Algo más? (Interesado Víctor)

"No. Está despejado. Nos veremos el mes que viene, el día de siempre. (Sanador)

"Eso está bien. Nos vemos luego. (Víctor)

"Nos vemos más tarde. (sanador)

Víctor salió de la habitación. Atravesó la habitación y superó la salida. Afuera, tomó el mismo camino de siempre. En silencio, continuaba sus actividades rutinarias cuando llegaba a casa.

Al final del día, él descansaba y planeaba los siguientes pasos relacionados con su vida personal. ¡Adelante siempre! En busca del destino aún incierto. ¿Estaría bien? Sigamos los hechos.

2.72-Resultado de la investigación

Como Vítor había prometido, el delegado Marcelo Dias se comprometió a investigar el robo que se produjo en el mercado. Poco a poco, estaba recogiendo pruebas, haciendo asociaciones y entrevistando testigos. Después de un cuidadoso análisis de todo lo que había sucedido, se llegó a una conclusión sobre lo que es más importante y responsable de todo esto: el señor José Pereira.

Algunas de sus conclusiones, Marcelo reunió sus órdenes de salir para la búsqueda y la incautación de la mala interpretación. Como todo en Carabais estaba cerca, con diez minutos de caminata vigorosa, el escenificaste alcanza la meta (residencia de José Pereira) y preventivamente la valla por completo.

Como comandante de la operación, Marcelo es quien toma la iniciativa. Acercándose a la puerta, luego llama varias veces a ella firmemente. Dentro de la casa, José escucha e inmediatamente responderá sin siquiera sospechar lo que le espera.

En el momento en que abra la puerta, el ayudante anunciará su arresto. Los subfilos lo esposan y el individuo ni siquiera delinean un tamaño de reacción de la línea estatal que implica la operación. Luego se remite a la comisaría. Una vez allí, es interrogado y multado. Incluso sin confesar, usted es arrestado preventivamente por una serie de pruebas en su contra.

Los siguientes pasos fueron enviar una carta a un juez de la oficina solicitando la detención y comunicación definitivas a las víctimas de la solución del problema.

Por todos sus esfuerzos, el diputado debía ser felicitado. Esta vez se había hecho justicia. Una rareza en una época dominada por el autoritarismo, la corrupción, la disputa y las desigualdades sociales, entre otros.

2.73-Post-lanzamiento

Como se dijo anteriormente, Vítor y Ángel fueron informados sobre los resultados de la investigación. Con el fin de discutir cuestiones importantes, programaron una reunión apresurada el mismo día.

Según lo acordado, los involucrados (Vítor y Penélope) asistieron a la residencia del jefe a la hora programada. Después de una cálida bienvenida dada por el anfitrión, fueron enviados a la habitación. Con las puertas de la casa debidamente cerradas, comenzaron a intercambiar ideas sobre el negocio hasta entonces, debido al macabro episodio anterior.

Durante tres horas, con una votación y tiempo para todos, se decidió llegar a un consenso el futuro profesional de los involucrados. Se definieron algunos elementos principales: Reapertura inmediata del proyecto, inicio de las actividades del vigilante contratado (se llamaba Severino Falco, agricultor local), continua difusión masiva y posible expansión de actividades en el futuro.

Después de la reunión, fueron a ocuparse de sus asuntos personales y los preparativos para la reapertura que estaba programada para tener lugar el otro día. Todo tendría que estar en la conformidad cuyo objetivo principal era el éxito.

2.74-Reapertura

El otro día, desde una edad temprana, los personajes implicados se encargan de todos los detalles necesarios que permitieran la reapertura del mercado. En dos horas de intenso esfuerzo, todo está listo.

Hacen una comida rápida. Al final, proponen comenzar a trabajar inmediatamente en una verdadera fuerza conjunta. El equipo estaba formado por cuatro personas: Ángel, Vítor, Penélope y Severino Falcao.

Así es como se hace. El mercado se reabre y poco a poco los clientes y amigos están llegando con el fin de honrar este importante evento. Por otro lado, los empleados se esfuerzan por ofrecer un buen servicio a todos ofreciendo una amplia variedad de productos expuestos.

A lo largo del día, el movimiento continúa intenso y las ventas aumentan por el momento. Se da un breve descanso para el almuerzo y, en el camino, el trabajo continúa. Al final del día, la oficina termina con un gran equilibrio positivo. La reapertura había sido un éxito rotundo y como la planificación de una parte de los beneficios se reinvertiría en el propio negocio.

La envidia no había derribado a estos guerreros.

2.75-La acción del grupo de amigos

La semana continuó funcionando normal. Algunos hechos importantes a destacar: las partes opuestas continuaron en su preparación con miras a nuevas batallas; el juez, analizando las pruebas, solicitó la detención definitiva de José Pereira y había programado un juicio; Marcela estaba en el proceso de recuperarse de la muerte de su marido; el equipo del mercado ligero continuó con su intenso trabajo; La familia Torres y Magallanes continuó enfrentando adversidades con garras en el lugar de Fundo; Y en cuanto a la situación política, se mantuvo estancada. Sin embargo, las presiones para el cambio aumentaron día a día.

Con el fin de intensificar los cargos, las amigas Celia, Rosa, Adelina se reunieron y acordaron iniciar una actividad de sensibilización como se sugirió en la última reunión.

Como era domingo, fueron a la residencia de la pareja de amigos Víctor y Penélope con el fin de invitarlos a participar también. La única que quedaría fuera de esta acción sería Henrietta que por razones obvias no podía exponerse públicamente (Después de todo, ella era la hija del coronel).

Al llegar al destino, son bien recibidos y van directo al punto. La pareja acepta participar siempre y cuando todo esté en secreto. En la oportunidad, se planifican los últimos detalles y se aceptan las condiciones.

Poco después, salen de la casa juntos. Según lo acordado, visitarán los hogares de personas de confianza. En cada uno de ellos, dan una pequeña conferencia. El resultado de este esfuerzo es que obtienen el apoyo mayoritario contra los desmembrados de las élites en general y usarían esta carta de triunfo en el momento adecuado.

Al final de la mañana, la obra está cerrada. Con el fin de celebrar, se dirigen a un bar conocido en la región por sus platos típicos. Cuando llegan al lugar, se instalan en sillas alrededor de una mesa justo en el centro. Evalúe el menú y termine eligiendo " Cuscús con cecina de ternera ". La solicitud se hace al asistente y mientras esperan, hablan distraídamente.

"¿Qué te parecieron los resultados? (Adelina)

"Fue genial. Como se predijo. Me alegro de que decidimos poner en práctica nuestros planes. (Rosa)

"Tienes razón y gracias por llamarnos. Siempre cuentas con nosotros, ¿verdad, amor? (Penélope)

"Sí, por supuesto. Hemos dado un gran paso hacia un cambio real. (señaló Víctor)

"Bueno, realmente no creía que funcionaría. Pero me di cuenta de que juntos somos fuertes. Nos deben felicitar. (Celia)

"Ahora espera el momento adecuado para que la rebelión explote. (Adelina)

"¿Cuándo será esto? (Quería conocer a Celia)

"Nadie lo sabe. Tiene que ser un hecho muy serio para generar un alcalizare general. (Explicado Adelina)

"¿Quieres un hecho más serio que la muerte de dos personas? Creo que carece de valor de nuestra parte. (Víctor)

"No es tan simple, Víctor. Las élites todavía tienen muchos aliados. (Rosa)

"Mirando de esta manera, estoy de acuerdo. (Víctor)

"Además, la precaución no hace daño a nadie. (Penélope)

"Pero nuestro día llegará. Tendrá un final feliz si no es para todos, pero al menos para una buena parte. (Adelina)

¡"Voy a tomar! (Penélope)

El asistente se acerca, sirve a la comida y la conversación continúa girando en varios temas importantes. Durante tres horas, los presentes tienen la oportunidad de conocerse mejor y fortalecer aún más los lazos.

Después de este tiempo, se despiden prometiendo actuar de nuevo sólo en casos graves que terminarán el resto del domingo en sus respectivas residencias. Al igual que el grupo de vigilantes, e inspirado por los mosqueteros, el lema del grupo era: ¡Uno para todos y todos para uno! ¡Por lo correcto y justo!

Final

www.ingramcontent.com/pod-product-compliance
Lightning Source LLC
LaVergne TN
LVHW010435230826
846092LV00009BA/1167